GIL VICENTE

AUTO DA ALMA

Coleção
GRANDES CLÁSSICOS DA
LÍNGUA PORTUGUESA

VOLUME 27

BRASILIARIS

Editor-chefe:
Tomaz Adour

Capa:
Spirit

Revisão:
Equipe Vermelho Marinho

Diagramação:
Marcelo Amado

Texto revisado segundo o novo Acordo Ortográfico da Língua Portuguesa.

Dados Internacionais de Catalogação na Publicação (CIP)
Fabio Osmar de Oliveira Maciel – CRB-7 6284

V632a

Vicente, Gil, ca. 1465-ca.1536
Auto da Alma / Gil Vicente. – 1. ed. – Rio de Janeiro : Brasiliaris, 2023.
50 p. ; 21 cm. – (Grandes clássicos da língua portuguesa ; v. 27).

ISBN 978-85-8265-281-7

1. Literatura portuguesa. 2. Teatro português. I. Título.

689-079-23 CDD : 869

Índice para catálogo sistemático:
1. Literatura portuguesa 869

EDITORA VERMELHO MARINHO USINA DE LETRAS LTDA

Rio de Janeiro — Departamento Editorial:
Avenida Gilka Machado, 315 — bloco 2 — casa 6
Recreio dos Bandeirantes — Rio de Janeiro — RJ
CEP: 22795-570

VERMELHO MARINHO
www.editoravermelhomarinho.com.br

SUMÁRIO

APRESENTAÇÃO

O selo Brasiliaris é uma iniciativa da Editora Vermelho Marinho com a Spirit, que tem como objetivo resgatar todas as obras clássicas da literatura brasileira que estejam em domínio público. Independente do autor ou da época em que escreveu, a coleção pretende publicar todas as obras de todos os autores que estejam disponíveis para publicação ou digitalização.

É um trabalho de longo prazo, pois citando apenas alguns autores muito conhecidos, como Machado de Assis, José de Alencar e Joaquim Manuel de Macedo, descobrimos que eles têm uma obra muito extensa, incluindo romances, contos, novelas, poemas e textos teatrais, fora artigos em ensaios. E muitas dessas obras não se encontravam mais no mercado. Até agora.

Tomaz Adour, o editor da coleção, já vem fazendo este trabalho de resgate há mais de 10 anos, conseguindo trazer de volta ao mercado autores do porte de uma Júlia Lopes de Almeida, A. G. Teixeira e Souza, Paulo Setúbal, Coelho Neto, Francisca Júlia, Bruno Seabra, Carmen Dolores, Martins Pena, João do Rio, Coelho Neto, Chrysanthème, entre tantos outros que lançou na Coleção Grandes Clássicos.

Com o apoio da Spirit e sua experiência em design aliada à sua paixão pelos livros, estes e outros autores irão ganhar roupagem nova, com edições especiais com orelhas, edições especiais em capa dura, além de ebooks a preços acessíveis para todos os leitores.

Este projeto ambicioso é uma forma de levar ao público tudo de bom que foi produzido em nossa literatura, permitindo que os leitores tenham acesso não apenas às obras mais famosas dos principais autores, mas também a obras que estão fora do mercado há décadas ou mesmo séculos. Com isso, um leitor que se apaixonar por um livro de um autor poderá conhecer toda a sua obra.

É um trabalho de garimpagem. Temos mais de 10.000 obras a serem publicadas e estamos atrás de obras perdidas, esquecidas ou que possuem poucas cópias em bibliotecas ou coleções particulares. Por isso, todo apoio é bem-vindo. Cada leitor ou amante de livros que deseje sugerir ou indicar uma obra receberá os créditos e será um colaborador da coleção. Acreditamos que, desta forma, obras perdidas ou com cópias desgastadas poderão ser resgatadas, desde que haja um colecionador ou uma biblioteca que a possua. Se quiser colaborar, basta nos escrever.

Que os leitores possam descobrir cada vez mais as obras de uma das literaturas mais importantes do mundo!

7

AUTO DA ALMA

Este Auto presente foi feito à muito devota Rainha D. Leonor e representado ao mui poderoso e nobre Rei Dom Emanuel, seu irmão, por seu mandado, na cidade de Lisboa, nos Paços da Ribeira, em a noite de Endoenças. Era do Senhor de 1518.

ARGUMENTO

Assim como foi coisa muito necessária haver nos caminhos estalagens, para repouso e refeição dos cansados caminhantes, assim foi coisa conveniente que nesta caminhante vida houvesse uma estalajadeira, para refeição e descanso das almas que vão caminhantes para a eternal morada de Deus. Esta estalajadeira das almas é a Madre Santa Igreja, a mesa é o altar, os manjares as insígnias da Paixão. E desta perfiguração trata a obra seguinte.

Figuras: Alma, Anjo Custódio, Igreja, Santo Agostinho, Santo Ambrósio, S. Jerônimo, S. Tomás, Dois Diabos.

Está posta uma mesa com uma cadeira. Vem a Madre Santa Igreja com seus quatro doutores: S. Tomás, S. Jerônimo, Santo Ambrósio e Santo Agostinho. E diz Agostinho:

AGOSTINHO Necessário foi, amigos,
que nesta triste carreira
desta vida,
para os mui p'rigosos p'rigos
dos inimigos,
houvesse alguma maneira
de guarida.

Porque a humana transitória
natureza vai cansada
em várias calmas;
nesta carreira da glória
meritória,
foi necessário pousada
para as almas.

Pousada com mantimentos,
mesa posta em clara luz,
sempre esperando
com dobrados mantimentos
dos tormentos
que o Filho de Deus, na Cruz,
comprou, penando.

Sua morte foi avença,
dando, por dar-nos paraíso,
a sua vida
apreçada, sem detença,
por sentença,
julgada a paga em proviso,
e recebida.

A Sua mortal empresa
foi santa estalajadeira
Igreja Madre:
consolar à sua despesa,
nesta mesa,
qualquer alma caminheira,
com o Padre.

E o Anjo Custódio aio.
Alma que lhe é encomendada,
se enfraquece
e lhe vai tomando raio
de desmaio,
se chegando a esta pousada,
se guarece.

Vem o Anjo Custódio, com a Alma, e diz:

ANJO

Alma humana, formada
de nenhuma coisa feita,
mui preciosa,
de corrupção separada,
e esmaltada
naquela frágoa perfeita,
gloriosa!

Planta neste vale posta
para dar celestes flores
olorosas,
e para serdes tresposta
em a alta costa,
onde se criam primores
mais que rosas!
Planta sois e caminheira,
que ainda que estais, vos is
donde viestes.
Vossa pátria verdadeira
é ser herdeira
da glória que conseguis:
andai prestes.

Alma bem-aventurada,
dos anjos tanto querida,
não durmais!

Um ponto não esteis parada,
que a jornada
muito em breve é fenecida,
se atentais.

ALMA

Anjo que sois minha guarda,
olhai por minha fraqueza
terreal!
De toda a parte haja resguarda,
que não arda
a minha preciosa riqueza
principal.

Cercai-me sempre o redor
porque vou mui temerosa
de contenda.
Ó precioso defensor
meu favor!
Vossa espada lumiosa
me defenda!

Tende sempre mão em mim,
porque hei medo de empeçar,
e de cair.

ANJO Para isso sam e a isso vim;
mas enfim,
cumpre-vos de me ajudar
a resistir.

Não vos ocupem vaidades,
riquezas, nem seus debates.
Olhai por vós;
que pompas, honras, herdades
e vaidades,
são embates e combates
para vós.

Vosso livre alvedrio,
isento, forro, poderoso
vos é dado
polo divinal poderio
e senhorio,
que possais fazer glorioso
vosso estado.

Deu-vos livre entendimento,
e vontade libertada
e a memória,
que tenhais em vosso tento
fundamento,
que sois por Ele criada
para a glória.

E vendo Deus que o metal
em que vos pôs a estilar,
para merecer,
que era muito fraco e mortal,
e, por tal,
me manda a vos ajudar
e defender.

Andemos a estrada nossa;
olhai: não torneis atrás,
que o inimigo
à vossa vida gloriosa
porá grosa,
Não creiais a Satanás,
vosso perigo!

Continuai ter o cuidado
no fim de vossa jornada,
e a memória,
que o espírito atalaiado
do pecado
caminha sem temer nada
para a Glória.

E nos laços infernais,
e nas redes de tristura
tenebrosas
da carreira, que passais,
não caiais:

siga vossa formosura
as gloriosas.

Adianta-se o Anjo, e vem o Diabo a ela e diz:

DIABO

Tão depressa, ó delicada,
alva pomba, para onde isso?
Quem vos engana,
e vos leva tão cansada
por estrada,
que somente não sentis
se sois humana?
Não cureis de vos matar
que ainda estais em idade
de crescer
Tempo há e para folgar
e caminhar
Vivei à vossa vontade
e havei prazer.

Gozai, gozai dos bens da terra,
Procurai por senhorios
e haveres.
Quem da vida vos desterra
à triste serra?
Quem vos fala em desvarios
por prazeres?

Esta vida é descanso,
doce e manso,
não cureis doutro paraíso.
Quem vos põe em vosso siso
outro remanso?

ALMA Não me detenhais aqui,
deixai-me ir que em al me
fundo.

DIABO Oh! Descansai neste mundo
que todos fazem assim:

Não são em balde os haveres.
não são em balde os deleites,
e fortunas;
não são debalde os prazeres
e comeres:
tudo são puros afeites
das criaturas:

Para os homens se criaram.
Dai folga à vossa passagem
d'hoje a mais:
descansai, pois descansaram
os que passaram
por esta mesma romagem
que levais.

O que a vontade quiser
quanto o corpo desejar,
tudo se faça.
Zombai de quem vos quiser
reprender
querendo-vos marteirar
tão de graça.
Tornara-me, se a vós fora.
Is tão triste, atribulada,
que é tormenta.
Senhora, vós sois senhora
emperadora,
não deveis a ninguém nada.
Sede isenta.

ANJO

Oh! andai; quem vos detém?
Como vindes para a Glória
devagar!
Ó meu Deus! Ó sumo bem!
Já ninguém
não se preza da vitória
em se salvar!

Já cansais, alma preciosa?
Tão asinha desmaiais?
Sede esforçada!
Oh! Como viríeis trigosa

e desejosa,
se vísseis quanto ganhais
nesta jornada!

Caminhemos, caminhemos.
Esforçai ora, Alma santa,
esclarecida!

Adianta-se o Anjo, e torna Satanás:

DIABO

Que vaidades e que extremos
tão supremos!
Para que é essa pressa tanta?
Tende vida.

Is muito desautorizada,
descalça, pobre, perdida,
de remate:
não levais de vosso nada.
Amargurada,
assim passais esta vida
em disparate.

Vesti ora este brial;
metei o braço por aqui.
Ora esperai.
Oh! Como vem tão real!

Isto tal
me parece bem a mim:
ora andai.

Uns chapins haveis mister
de Valença: ei-los aqui.
Agora estais vós mulher
de parecer.
Ponde os braços
presumptuosos:
isso sim!

Passeai-vos mui pomposa,
daqui para ali, e de lá para cá,
e fantasiai.
Agora estais vós fermosa
como a rosa;
tudo vos mui bem está.
Descansai.

Torna o Anjo à Alma, dizendo:

ANJO Que andais aqui fazendo?

ALMA

Faço o que vejo fazer
pelo mundo.

ANJO

Ó Alma, is-vos perdendo!
Correndo vos is meter
no profundo!

Quanto caminhais avante,
tanto vos tornais atrás
e através.
Tomastes, ante com ante
por mercante,
o cossairo Satanás,
porque quereis.

Oh! caminhai com cuidado,
que a Virgem gloriosa
vos espera.
Deixais vosso principado
deserdado!
Enjeitais a glória vossa
e pátria vera!

Deixai esses chapins ora,
e esses rabos tão sobejos,
que is carregada;
não vos tome a morte agora

tão senhora,
nem sejais, com tais desejos,
sepultada.
Andai! Dai-me cá essa mão!

ALMA — Andai vós, que eu irei,
quanto puder.

Adianta-se o Anjo, e torna o Diabo:

DIABO — Todas as coisas com razão
têm sazão
Senhora, eu vos direi
meu parecer:

Há o tempo de folgar
e idade de crescer;
e outra idade
de mandar e triunfar
e apanhar
e adquirir prosperidade
a que puder.

Ainda é cedo para a morte;
tempo há-de arrepender
e ir ao Céu.

Ponde-vos à for da corte;
desta sorte
viva vosso parecer
que tal nasceu.

O ouro para que é,
e as pedras preciosas,
e brocados?
E as sedas para quê?
Tende por fé,
que para as almas mais ditosas
foram dados.
Vedes aqui um colar d'ouro,
mui bem esmaltado,
e dez anéis.
Agora estais vós para casar
e namorar.
Neste espelho vos tereis,
e sabereis
que não vos hei-de enganar.

E poreis estes pendentes,
em cada orelha seu.
Isso sim!
Que as pessoas diligentes
são prudentes.
Agora vos digo eu
que vou contente daqui.

ALMA
Oh! Como estou preciosa,
tão dina para servir
E santa para adorar!

ANJO
Ó Alma despiedosa
perfiosa!
Quem vos devesse fugir
mais que guardar!

Pondes terra sobre terra,
que esses ouros terra são.
Ó Senhor
porque permites tal guerra,
que desterra
ao reino da confusão
o teu lavor?

Não íeis mais despejada,
e mais livre da primeira
para andar?
Agora estais carregada
e embaraçada
com coisas que, à derradeira,
hão-de ficar.

Tudo isso se descarrega
ao porto da sepultura.
Alma santa, quem vos cega,
vos carrega
dessa vã desaventura?

ALMA Isto não me pesa nada,
mas a fraca natureza
me embaraça.
Já não posso dar passada
de cansada:
tanta é minha fraqueza,
e tão sem graça!

Senhor, ide-vos embora,
que remédio em mim não sento,
já estou tal...

ANJO Sequer dai dois passos ora,
até onde mora
a que tem o mantimento
celestial.

Ireis ali repousar
comereis alguns bocados
confortosos;

porque a hóspeda é sem par
em agasalhar
os que vêm atribulados
e chorosos.

ALMA É longe?

ANJO Aqui mui perto,
Esforçai, não desmaieis!
E andemos,
qu'ali há todo concerto
mui certo:
quantas coisas querereis
tudo tendes.

A hóspeda tem graça tanta.
far-vos-á tantos favores!

ALMA Quem é ela?

ANJO É a Madre Igreja Santa,
e os seus santos Doutores.
I com ela.

Ireis d'i mui despejada,
cheia do Spírito Santo,
e mui fermosa.
Ó Alma, sede esforçada!
Outra passada,
que não tendes de andar tanto
a ser esposa.

DIABO

Esperai, onde vos isso?
Essa pressa tão sobeja
é já pequice.
Como! Vós, que presumis,
consentis
continuardes a igreja,
sem velhice?

Dai-vos, dai-vos a prazer
que muitas horas há nos anos
que lá vêm.
Na hora que a morte vier
como se quer
se perdoam quantos danos
a alma tem.
Olhai por vossa fazenda
tendes umas escrituras
de uns casais,
de que perdeis grande renda.

É contenda,
que deixaram às escuras
vossos pais;

É demanda mui ligeira,
litígios que são vencidos
em um riso.
Citai as partes terça-feira,
de maneira
como não fiquem perdidos,
e havei siso.

ALMA

Cal’-te por amor de Deus!
Deixa-me, não me persigas!
Bem abasta
estorvares os heréus
dos altos céus,
que a vida em tuas brigas
se me gasta.

Deixa-me remediar
o que tu, cruel, danaste
sem vergonha,
que não me posso abalar,
nem chegar
ao lugar onde gaste
esta peçonha.

Chega a Alma diante da Igreja.

ANJO — Vedes aqui a pousada
verdadeira e mui segura
a quem quer vida.

IGREJA — Oh! Como vindes cansada
e carregada!

ALMA — Venho por minha ventura,
amortecida.

IGREJA — Quem sois? Para onde andais?

ALMA — Não sei para onde vou;
sou selvagem,
sou uma alma que pecou
culpas mortais
contra o Deus que me criou
à Sua imagem.

Sou a triste, sem ventura,
criada resplandecente
e preciosa,

angélica em fermosura,
e per natura,
como raio reluzente
luminosa.

E por minha triste sorte
e diabólicas maldades
violentas,
estou mais morta que a morte
sem deporte,
carregada de vaidades
peçonhentas.

Sou a triste, sem mezinha,
pecadora obstinada,
perfiosa;
pela triste culpa minha,
mui mesquinha,
a todo o mal inclinada
e deleitosa.

Desterrei da minha mente
os meus perfeitos arreios
naturais;
não me prezei de prudente,
mas contente
me gozei com os trajos feios
mundanais.

Cada passo me perdi;
em lugar de merecer,
eu sou culpada.
Havei piedade de mim,
que não me vi;
perdi meu inocente ser,
e sou danada.

E, por mais graveza, sento
não poder me arrepender
quanto queria;
que meu triste pensamento,
sendo isento,
não me quer obedecer,
como soía.
Socorrei, hóspeda senhora,
que a mão de Satanás
me tocou,
e sou já de mim tão fora,
que agora
não sei se avante, se atrás,
nem como vou.

Consolai minha fraqueza
com sagrada iguaria,
que pereço,
por vossa santa nobreza,
que é franqueza;

porque o que eu merecia
bem conheço.
Conheço-me por culpada,
e digo diante vós
minha culpa.
Senhora, quero pousada,
dai passada,
pois que padeceu por nós
quem nos desculpa.

Mandai-me ora agasalhar
capa dos desamparados,
Igreja Madre.

IGREJA

Vinde-vos aqui assentar
mui devagar
que os manjares são guisados
por Deus Padre.

Santo Agostinho doutor,
Jerônimo, Ambrósio, São
Tomás,
meus pilares,
servi aqui por meu amor
o qual melhor
E tu, Alma, gostarás
meus manjares.

Ide à santa cozinha,
tornemos esta alma em si,
por que mereça
de chegar onde caminha,
e se detinha.
Pois que Deus a trouxe aqui,
não pereça.

Enquanto estas coisas passam, Satanás passeia, fazendo muitas vascas, e vem outro (Diabo) e diz:

2º DIABO — Como andas desassossegado!

1º DIABO — Arço em fogo de pesar.

2º DIABO — Que houveste?

1º DIABO — Ando tão desatinado,
de enganado,
que não posso repousar
que me preste.

Tinha uma alma enganada,
já quase para infernal,
mui acesa.

2º DIABO	E quem t'a levou forçada?
1º DIABO	O da espada.
2º DIABO	Já m'ele fez outra tal burla como essa.

Tinha outra alma já vencida,
em ponto de se enforcar
de desesperada,
a nós toda oferecida,
e eu prestes para a levar
arrastada;
e ele fê-la chorar tanto,
que as lágrimas corriam
pela terra.

Blasfemei entonces tanto,
que meus gritos retiniam
pela serra.

Mas faço conta que perdi,
outro dia ganharei,
e ganharemos.

1º DIABO	Não digo eu, irmão, assim: mas a esta tornarei, e veremos.

Torná-la-ei a afagar
despois que ela sair fora
da Igreja
e começar de caminhar;
hei-de apalpar
se vencerão ainda agora
esta peleja.

Entra a Alma, com o Anjo.

ALMA	Vós não me desempareis, Senhor meu Anjo Custódio! Ó incréus inimigos, que me quereis, que já sou fora do ódio de meu Deus?

Deixai-me já, tentadores,
neste convite prezado
do Senhor
guisado aos pecadores
com as dores
de Cristo crucificado,
redentor.

Estas coisas, estando a Alma assentada à mesa, e o Anjo junto com ela, em pé, vêm os Doutores com quatro bacios de cozinha cobertos, cantando:

"Vexilla regis prodeunt".

E, postos na mesa, diz Santo Agostinho:

AGOSTINHO

Vós, senhora convidada,
nesta ceia soberana
celestial,
haveis mister ser apartada
e transportada
de toda a coisa mundana,
terreal.

Cerrai os olhos corporais,
deitai ferros aos danados
apetitos,
caminheiros infernais;
pois buscais
os caminhos bem guiados
dos contritos.

IGREJA

Benzei a mesa vós, senhor
e, para consolação
da convidada,
seja a oração de dor
sobre o tenor
da gloriosa Paixão
consagrada.

E vós, Alma, rezareis,
contemplando as vivas dores
da Senhora;
Vós outros respondereis,
pois que fostes rogadores
até agora.

Oração para Santo Agostinho.

AGOSTINHO

Alto Deus Maravilhoso,
que o mundo visitaste
em carne humana,
neste vale temeroso
e lacrimoso.
Tua glória nos mostraste
soberana.

E Teu Filho delicado,
mimoso da Divindade

e Natureza,
por todas partes chagado,
e mui sangrado,
pela nossa infirmidade
e vil fraqueza!

Ó Imperador celeste,
Deus alto, mui poderoso,
essencial,
que pelo homem que fizeste,
ofereceste
o teu estado glorioso
a ser mortal!
E Tua Filha, Madre, Esposa,
horta nobre, frol dos céus,
Virgem Maria,
mansa pomba gloriosa;
oh quão chorosa
quando o seu Deus padecia!

Ó lágrimas preciosas,
do Virginal Coração
estiladas,
correntes das dores vossas,
com os olhos da perfeição
derramadas!

Quem uma só pudera ver
vira claramente nela
aquela dor,
aquela pena e padecer
com que choráveis, donzela,
vosso amor!

E quando vós, amortecida,
se lágrimas vos faltavam,
não faltava
a vosso filho e vossa vida
chorar as que lhe ficaram
de quando orava.

Porque muito mais sentia
pelos seus padecimentos
ver-vos tal;
mais que quanto padecia,
lhe doía,
e dobrava seus tormentos,
vosso mal.

Se se pudesse dizer
se se pudesse rezar
tanta dor;
Se se pudesse fazer
podermos ver
qual estáveis ao cravar
do Redentor!

Ó fermosa face bela,
ó resplandor divinal,
que sentistes,
quando a cruz se pôs à vela,
e posto nela
o filho celestial
que paristes?

Vendo por cima da gente
assomar vosso conforto
tão chagado,
cravado tão cruelmente,
e vós presente,
vendo-vos ser mãe do morto,
e justiçado!

Ó Rainha delicada,
santidade escurecida,
quem não chora
em ver morta e debruçada
a avogada,
a força da nossa vida?

AMBRÓSIO

Isto chorou Hieremias
sobre o monte de Sião,
há já dias;
porque sentiu que o Messias
era nossa redenção.

E chorava a sem-ventura,
triste de Jerusalém
homicida,
matando, contra natura,
seu Deus nascido em Belém
nesta vida.

JERÔNIMO

Quem vira o Santo Cordeiro
antre os lobos humildoso,
escarnecido,
julgado para o marteiro
do madeiro,
seu rosto alvo e fermoso
mui cuspido!

(Agostinho benze a mesa.)

AGOSTINHO

A bênção do Padre Eternal,
e do Filho, que por nós
sofreu tal dor,
e do Spírito Santo, igual
Deus imortal,
convidada, benza a vós
por seu amor.

IGREJA

Ora sus! Venha água às mãos.

AGOSTINHO

Vós haveis-vos de lavar
em lágrimas da culpa vossa,
e bem lavada.
E haveis-vos de chegar
a alimpar
a uma toalha fermosa,
bem lavrada
co sirgo das veias puras
da Virgem sem mágoa, nascido
e apurado,
torcido com amarguras
às escuras,
com grande dor guarnecido
e acabado.

Não que os olhos alimpeis,
que o não consentirão
os tristes laços;
que tais pontos achareis
da face e envés,
que se rompe o coração
em pedaços.

Vereis seu triste lavrado
natural,
com tormentos pespontado,
e figurado
Deus Criador em figura
de mortal.

Esta toalha, em que aqui se fala, é a Verônica, a qual Santo Agostinho tira d'antre os bacios, e amostra à Alma; e a Madre Igreja, com os Doutores, lhe fazem adoração de joelhos, cantando:

"Salve, Sancta Facies".

E, acabando, diz a Madre Igreja:

IGREJA Venha a primeira iguaria.

JERÔNIMO

Esta iguaria primeira
foi, Senhora,
guisada sem alegria
em triste dia,
a crueldade cozinheira
e matadora.

Gostá-la-eis com salsa e sal
de choros de muita dor;
porque os costados
do Messias divinal,
santo sem mal,
foram, pelo vosso amor
açoitados.

Esta iguaria em que aqui se fala são os Açoites; e em este passo os tiram dos bacios, e os presentam à Alma, e todos de joelhos adoram, cantando:

"Ave, flagellum";

e despois diz:

JERÔNIMO

Estoutro manjar segundo
é iguaria,
que haveis de mastigar
em contemplar
a dor que o Senhor do mundo
padecia,
para vos remediar.
Foi um tormento improviso,
que aos miolos lhe chegou:
e consentiu,
por remediar o siso,
que a vosso siso faltou;
e para ganhardes paraíso,
a sofreu.

Esta iguaria segunda, de que aqui se fala, é a Coroa de Espinhos; e em este passo a tiram dos bacios e, de joelhos, os Santos Doutores cantam:

"Ave, corona spinarum".

E, acabando, diz a Madre Igreja:

IGREJA

Venha outra do teor.

JERÔNIMO

Est'outro manjar terceiro
foi guisado
em três lugares de dor
a qual maior
com a lenha do madeiro
mais prezado.

Come-se com gran tristura,
porque a Virgem gloriosa
o viu guisar:
viu cravar com gran crueza
a sua riqueza,
e sua perla preciosa
viu furar.

E a este passo tira Santo Agostinho os Cravos, e todos de joelhos os adoram cantando:

"Dulce lignum, dulcis clavus".

E acabada a adoração diz o Anjo à Alma:

ANJO Deixai ora esses arreios,
que est'outra não se come assim
como cuidais.
Para as almas são mui feios,
e são meios
com que não andam em si
os mortais.

Despe a Alma o vestido e jóias que lh'o imigo deu, e diz Agostinho:

AGOSTINHO Ó Alma bem aconselhada,
que dais o seu a cujo é:
o da terra à terra!
Agora ireis despejada
pela estrada,
porque vencestes com fé
forte guerra.

IGREJA Venha ess'outra iguaria.

JERÓNIMO A quarta iguaria é tal,
tão esmerada,
de tão infinda valia
e contia,
que na mente divinal
foi guisada,

por mistério preparada
no sacrário virginal.
mui coberta,
da divindade cercada
e consagrada,
despois ao Padre Eternal
dada em oferta.

Apresenta S. Jerônimo à Alma um Crucifixo, que tira d'antre os pratos; e os Doutores o adoram, cantando

"Domine Jesu Christe'.

E, acabando, diz:

ALMA

Com que forças, com que spírito,
te darei, triste, louvores,
que sou nada,
vendo-Te, Deus Infinito,
tão aflito,
padecendo Tu as dores,
e eu culpada?

Como estás tão quebrantado,
Filho de Deos imortal!
Quem Te matou?
Senhor, per cujo mandado
és justiçado,
sendo Deus universal,
que nos criou?

AGOSTINHO

A fruta deste jantar
que neste altar vos foi dado
com amor
iremos todos buscar
ao pomar
adonde está sepultado
o Redentor.

E todos com a Alma, cantando

"Te Deum laudamus";

foram adorar o momento.

LAUS DEO